A FLORESTA DOURADA

PARTE PRIMEIRA

WILLIAM MENEZES FREITAS

Sobre o Autor:

William Menezes Freitas nascido em 06 de outubro de 1991 no Estado de São Paulo Brasil, é formado em Direito e é técnico de informática, gosta de fantasia e poesia, este é um protótipo de um livro que trata de uma história de fantasia e maravilhas, espera-se que todos gostem.

Abaixo se encontra o enlace de contato da rede social vk:

Vk.com/williamw39

Capítulo 1 – O começo da jornada

Em um lugar do centro da cidade de Ashley no Estado de Pléia, algumas crianças se reúnem diariamente para conversar acerca de suas vidas e seus sonhos para o futuro, era o ano de 3034 da era Lara quando dois adolescentes se encontraram no bosque, uma linda garota desconhecida de todos e um adolescente chamado Walas, caminhando pelo bosque os dois começam a discutir o que seria do mundo se não houvesse os bosques, então Walas pergunta: - Qual teu nome? E a garota responde:- Meu nome é Navila, e estou à procura de alguém que me possa acompanhar em uma viagem em busca da floresta dourada. Então Walas prontamente aceita a proposta de Navila e eles partem para o subterrâneo do bosque onde fica o metrô. Navila então se despede e fala que o procurará dentro de dois anos naquele exato local.

Dois dias depois Walas decide seguir sua vida como se nada houvesse acontecido, então segue para o bosque em busca de algumas folhas para mostrar aos seus colegas de escola e então encontra uma pedra de cor azul que parece muito a uma joia, então a coloca no bolso e segue seu caminho, ao chegar a casa, liga o seu analisador e busca informações sobre a pedra, descobrindo que não consta nos dados do mundo, então com ela decide fazer dois anéis, deixando-os guardados na gaveta.

Um mês depois Walas vai à escola da cidade vizinha buscar um livro para uma professora e nesse contexto, encontra uma menina que o chama pelo nome e entrega-lhe um livro dizendo as seguintes palavras –Não abras o livro até que a pessoa a quem esperas o diga que faças. Então Walas segura o livro e diz que a ama, a menina então diz que também o ama mas ainda não é o momento certo para isso e que ele saberá quando abrir o livro. Ao sair da escola, ele encontra uma borboleta e diz: - Que lindo, é muito bom poder apreciar a natureza. Então subitamente sai do caminho e quando chega a casa , lembra-se do anel, sem conter a curiosidade pega o telefone e liga para a menina que o entregara o livro e diz que tem uma coisa importante para ela e que precisa vê-la urgente, ela então chega à casa de Walas e prontamente se dispõe a atendê-lo, ocorre que Walas, coloca o anel em seu dedo e diz que quer que ela abra o livro, então: Ao colocar o anel no dedo de Walas a garota abre o livro e subitamente cresce ficando da idade de Walas e diz que seu nome é Larila, e esperava a muito vê-lo, todavia não deviam haver aberto o livro posto que isso irá trazer consequências severas e o tempo será rebobinado na data prevista para abrir-se o livro.

Era Verão , passado um ano do incidente Walas está a passear com Larila pela cidade e então subitamente escorrega em um tronco, machucando a perna, Larila então o leva para sua casa e passa a cuidar dele desde então. Passados dois dias, uma série de incidentes começam a ocorrer pela cidade, um carro desaparece no ar enquanto uma locomotiva aparece em um lado do oceano, então Walas diz: -Larila, a partir de agora chamar-me-ei Dalas. E Larila responde: então chamar-me-ei Navila.

Finalmente chega o esperado dia, aquele marcado para o tempo ser rebobinado, Dalas segue para o subterrâneo do bosque, onde está situado metrô e então Navila aparece com o anel e ele descobre que ela sempre estivera consigo a cuidar dele. Então ela diz que a floresta dourada existe num tempo congelado e a única forma de alcança-la é alterando o fluxo do tempo, mas isso causará muitas inconsistências no mundo, então diz que os anéis são a porta para encontrarem o seu destino, mas que ele precisa acordar o poder de pássaro negro que jaz dentro dele, então é chegado o tempo e Navila levanta o anel e diz: "-Ó levila ante todo o tempo desperta agora a porta do mundo para que possa nele existir". Nesse momento Navila e Dalas são levados a uma dimensão no espaço temporal distinto da que estavam, então Dalas diz: - Onde estamos? E Navila responde: - Na dimensão da floresta dourada, mas ainda não sei ao certo em que lugar. Dalas então observa que o anel está brilhando e observa umas alas negras em seu corpo. Nesse momento Navila explica que essas alas são o símbolo de que ele é um pássaro negro mas que ainda não é o momento de seu despertar. Enquanto isso na dimensão de Pléia o tempo voltou a 2056, tempo ao qual o local não era conhecido como Pléia mas sim Gales, nesse momento uma garota chamada Lina está a passear em sua bicicleta quando vê um anel cair de uma aurora no céu, ela recolhe o anel e subitamente, uma luz surge e ela se encontra ao lado de Navila e Dalas, então Navila diz: - Bem vinda ao mundo dos sonhos Lina, este é Dalas e será teu companheiro. - Vós deveis chegar até à floresta dourada, mas para isso devereis passar por diversos lugares, e despertar vossos poderes ocultos. Depois sussurra umas palavras no ouvido de Dalas e desvanece-se no ar.

Passado uma noite percebem que não se trata de um sonho, então cada um deles conta o que sabe dos fatos, Lina diz que possui poderes de transcender dimensões mas que só funcionam quando está com um pássaro negro, já que ela é uma garota com poderes brancos, então Dalas mostra o livro e ela diz que irá fazer todo o possível para despertá-lo. Ambos andam ao redor do lago enquanto contam suas vidas um para o outro, enquanto estão naquela dimensão congelada, à lógica temporal está se derrubando posto que o ano 2056 choca-se com o ano 3034 e que a solução para resolver esse problema só pode ser encontrada na floresta dourada.

Ao longe eles avistam uma cidade e decidem ir até seu centro para perguntar alguma informação de como chegarem ao seu destino. Então seguem em direção a ela, no caminho encontram uma capa preta, então Lina a coloca em seu corpo e prosseguem sua caminhada, ao chegarem procuram o chefe da cidade e se dirigem ao seu escritório, então o chefe diz: "Olá sejais bem vindo à cidade Ala do mundo dos sonhos, que desejais"? Lina responde:- Estamos buscando a floresta dourada. Então o chefe diz: - Para chegares à cidade de Alma, onde se encontra a floresta dourada devereis passar por várias dificuldades em vários locais e despertar plenamente os seus poderes mágicos. Caso contrário somente encontrareis a porta de volta aos vossos mundos. Então Dalas pergunta: - E quanto à Navila? Ele então diz:- Ela guiou-te aqui com o propósito de despertares teus poderes para que possas estar com ela. Antes de irdes tem um aviso: Chama-te Walas pois neste mundo devemos sempre ser aquilo que realmente somos. Ao saírem da sala, percebem que já anoiteceu, então decidem passar à noite na cidade, enquanto buscam um local para dormirem, Lina encontra um mapa do mundo e descobre uma terrível verdade. Walas retorna e a leva para a habitação que conseguiu, então Lina conta a verdade que descobriu:- Neste mundo existem 18 cidades, sendo que as 17 últimas têm um guardião que intenta impedir a passagem, após o portão da cidade de Alma encontram-se duas portas, uma que nos leva de volta ao mundo e outra à floresta dourada. Walas ao ler o mapa observa que isso tem alguma coisa errada mas não sabe ao certo o que é, então arrasta a Lina até o outro lado da cidade, onde está uma torre que marca 11h50min da noite, mas não há nenhuma saída da cidade, então diz: - Como vamos sair se não existe saída? Então pensa e conclui: -Já descobri o que estava errado, o mapa é falso, todas as cidades tem um método de não nos deixar passar, mas não necessariamente um guardião. Nesse momento o mapa desaparece das mãos de Lina, o relógio marca 11h57min, então Lina diz: - O nosso inimigo é a torre da cidade, quando ela chegar às 12h00min algo irá acontecer. Então Walas segura na mão de Lina e apontam seus anéis para a torre e dizem: -Li ó torre sua entrada mostra-nos a saída da cidade, então a torre bate 12h00min, nesse momento abre um portal azul atrás da torre, então eles começam a correr para o portal, e a cidade a desaparecer atrás deles, então ao entrarem no portal a cidade desaparece por completo e eles se vêm num lugar todo azul. Ali aparece Larila, que lhes dá todas as instruções necessárias, para prosseguirem e o mapa real. Na verdade o mundo dos sonhos é composto por várias dimensões paralelas, e ao atravessarem um portal, passam para a próxima dimensão, agora se dirigem à Lanon, a dimensão dos dinossauros. Logo após se veem aterrissando em uma floresta bem esverdeada e ouvem um rugido, Será mesmo um dinossauro?

Capítulo 2 – Lanon, a Terra dos dinossauros

Após chegarem a Lanon, ouvem um rugido, um grande dinossauro voador passa sobre eles, então Lina pergunta a Walas sobre o que farão nessa nova dimensão, então olham o mapa dado por Larila e verificam que a porta se encontra na cidade Asli, mas ela encontra-se no meio da floresta e só pode ser encontrada à noite então seguem a caminhar floresta adentro.

Passado algum tempo resolvem descansar em baixo de uma arvore, Então Lina diz:- Walas esperemos aqui até que anoiteça. E Walas responde:- Vigiarei, pois não sabemos que perigo enfrentamos aqui. Então Lina se põe a dormir e Walas segura em sua mão e diz que fará de tudo para protegê-la, mas subitamente algo estranho acontece; Walas não consegue se manter acordado e se põe a dormir antes de anoitecer, logo após aparece um dinossauro voador que intenta levar Lina consigo, Walas acorda e segura no dinossauro e sai voando com ele, Lina e Walas estão agora sobrevoando Lanon, enquanto estão no céu , veem um portão transparente no alto céu que parece ser o portal, mas nada de encontrarem a cidade. Após descerem no ninho do dinossauro descobrem uma terrível verdade: Não mais anoitece em Lanon!

Como chegarão à próxima dimensão? Walas pensa em algo inusitado, ao intentar comunicação com o dinossauro descobre toda a verdade de Lanon; E então explica à Lina: -Para que os dinossauros possam sobreviver não pode anoitecer, para isso existe o portal transparente, ele contém o tempo e o poder do luar, precisamos chegar até ele e então saberemos o que fazer. Ambos montam novamente no dinossauro que explica que seu nome é Guia, então no caminho encontram uma luz forte e se encontram em frente ao portal mas um campo gravitacional os impede de chegar mais perto, então apontam seus anéis para o portal, e surgem duas luzes, uma azul e uma dourada, indo em direção a eles, quando a luz dourada chega perto de Lina, Walas se põe em sua frente, a luz dourada então o leva para baixo e ele parece ter desaparecido no ar, logo após chega a luz azul que atinge a Lina de forma semelhante e então ela desaparece o ar. Lina acorda e agora é noite, e se encontra num ninho não de dinossauros mas de dragões, então o dragão que também se chama Guia, explica que essa é a Lanon da noite, os dragões não podem viver durante o dia, então mostra a cidade para Lina, ela então percebe que a cidade situa-se no céu em cima do meio da floresta, na mesma localização do portal na Lanon do dia mas agora não há nenhum portal.

Lina pergunta à Guia se ele sabe algo de Walas, então ele diz que ela foi a única que chegou à Lanon da Noite. Então resolve descansar um pouco, e pensa em Walas e como ele se arrisca para protegê-la: - Onde será que Walas está? Será que ele vem a buscar-me?

Walas acorda e vê uma placa que tem a seguinte inscrição "Bem vindo à dimensão perdida! (12ªi)" então prossegue em sua caminhada pensando em Lina , ao chegar ao centro da cidade, ele vê uma loja que diz ter objetos de todas as dimensões. Então a vendedora diz que tem algo para que ele entregue à Larila, então ao receber ele pergunta: "Como entregarei isso se não sei onde ela está? Então a vendedora entrega uma pequena lanterna e diz que ela só pode ser usada três vezes, e que deve usá-la no espelho que se encontra na torre da cidade para que possa chegar onde Larila está pois a Lanterna só funciona se tiver algum objeto da dimensão para ela ser apontada e não há ali nenhum objeto de Lanon, a não ser a própria lanterna. Então Walas sai da Loja, e se dirige a torre, enquanto isso, começa a sentir que está sendo perseguido, então corre e aponta a lanterna para a água, nesse momento ele vê um portal amarelo e pula dentro dele, e logo se encontra na dimensão 16, pois a água não pertencia à dimensão 15, Larila sentindo o ocorrido decide trazê-lo até a dimensão 15 através do espelho da dimensão, então ela atira uma luz transparente no espelho à sua frente, que desaparece no espelho, nesse momento a luz transparente sai por um espelho transparente que se encontra flutuando no mar da dimensão 16 (A dimensão das águas) , e a luz arrasta Walas para dentro do espelho , impedindo que ele caia no mar. Nesse momento ele está em frente à Larila que diz: -O que sentes por Lina é real, continua com esse sentimento e não tenhas medo de que fique mais forte, eu e Lina estamos mais relacionadas do que imaginas. Então Walas pergunta: - Sabes onde Lina está? E Larila diz: -Ela ainda se encontra na dimensão 2 , então ao Walas lembra e entrega o pacote a Larila que diz: - Entrega a Lina pois ela precisará dele. Então mostra um espelho e diz :"-Enquanto estejas com Lina sei que estarás bem" , aponta a tua lanterna para aquele espelho acima de nós, que ele há de levar-te até Lanon. Ao fazer isso uma luz novamente arrasta Walas, mas dessa vez ela se torna azul e ao atravessar o espelho, se encontra ainda arrastado pela luz azul, ao ver o portal de Lanon, percebe que chegara mas a luz o continua arrastando para baixo, então ao chegar perto do solo desvanece-se no ar, e se encontra num ninho de dragões, então Lina o vê, e diz: -" Estou feliz que estejas bem". Então ele entrega a encomenda à Lina, ao abrir o pacote , encontra duas pulseiras douradas que coloca em seus braços, e subitamente seus poderes mágicos aumentam , e Walas pode ver a sombra de um pássaro branco em Lina. Então Lina diz:- "Eu amo-te Walas, estou feliz que escapaste da dimensão 16". Então Walas pergunta como ela sabe que ele esteve lá, então ela diz:- Eu e Larila somos muito interligadas, agora que meus poderes despertaram , poderemos abrir o portal da dimensão 2. Então sobem no dragão Guia que os deixa à porta do labirinto que fica na entrada da cidade nos céus. Com os poderes de Lina conseguem atravessar tranquilamente o Labirinto, e chegam ao centro da cidade , onde um dinossauro e um dragão os esperam. Eles são os chefes de Lanon, Então Lina segura na mão de Walas e eles começam a voar, e então seguem direção aos guardiões, o dragão solta fogo em direção a eles e Lina solta uma luz que dissipa o fogo, o dinossauro vai atrás deles então Lina diz:- "Dá-me tua lanterna , preciso dela para sairmos daqui. Walas entrega a lanterna à Lina e ela com suas pulseiras faz a lanterna brilhar mais forte, então a boca do dragão começa a brilhar e eles percebem que o portal está na boca do dragão, então voam em direção a ele, ao abrir sua boca solta seu fogo vermelho, então Lina aponta a lanterna para a boca do dragão, e atira a luz transparente, que subitamente fica vermelha ao entrar em contato com o fogo do dragão e atinge sua boca, nesse momento Walas e Lina são arrastados para a boca do dragão e antes que ele pudesse fechá-la eles desaparecem na luz, e a cidade de Lanon desaparece e eles se encontram agora na Lanon do dia, a luz vermelha continua a os arrastar, levando–os ao portal do céu, ao atravessarem o campo gravitacional, a luz se choca com o portal que gera uma explosão vermelha e eles atravessam a porta dimensional. Eles agora se encontram novamente no espaço interdimensional, e seguem em direção à dimensão 3, então Lina abraça Walas e eles seguem indo em frente, uma luz os atrapa e eles se veem caindo novamente , agora na terceira dimensão, a Terra dos futuros

Lina ao olhar a dimensão, vê ao seu entorno que há várias portas e estão dentro de uma sala, então diz a Walas: - Que faremos? E Walas responde: - Esta deve ser a sala das decisões da dimensão dos futuros, cada porta mostra um futuro diferente e uma saída que não necessariamente nos levará à próxima dimensão, devemos ter cautela ao escolher a porta.

Então decidem ficar parados ali até o anoitecer para saber o que acontecerá, então subitamente quando o dia intenta passar o relógio para e uma barreira cobre toda a sala, o tempo fora congelado. Nesse momento surge um tabuleiro com espaço para uma combinação de cartas, as cartas da decisão para aqueles que não tomam decisões por si só, a porta se abrirá de acordo com a combinação de cartas utilizada, então Lina resolve utilizar seus poderes mágicos para abrir a porta e diz: - A combinação a ser esperada é aquela que nos mostrará o objetivo de sua própria forma! Subitamente as cartas começam a combinar-se de uma forma estranha e uma luz abre a porta direita deles e então seguem por ela, nesse momento uma tempestade os impede de ver para onde estão indo, subitamente ouvem um trovão e se veem na dimensão 18, a dimensão da destruição e então veem a eles próprios lutando entre si com espadas e seus poderes mágicos, nesse momento eles se fundem com eles da dimensão 18 e continuam a luta entre si. Lina usa seu fogo branco alado e Walas usa uma espécie de raio da espada, ambos se defendem dos golpes do outro, e começam a sentir que se amam cada vez mais, todavia precisam continuar lutando, e então Walas diz: Eu amo-te mais que tudo Lina, mas preciso vencer-te. E Lina responde eu também amo-te, mas preciso vencer-te para poder liberar-nos daqui. Então continuam a luta e Lina usa um poder magico que atira um fogo branco da espada e Walas um muro de cristal negro, nesse momento Lina é inundada de poder branco e seus cabelos ficam brancos brilhosos e ela ataca com uma espécie de explosão branca, nesse instante Walas acorda o poder de pássaro negro completamente e usa o mesmo ataque de Lina, sendo que o de Walas é negro, então os dois se fundem e uma coisa estranha acontece: Walas cai e Lina vence, ela o segura e saem voando pelo portal que se abre, ele mostra duas portas e eles vão pela porta da direita novamente, mas ela os leva de volta para o seu mundo, pois a porta certa seria a da esquerda. Mas tem alguma coisa estranha ali. Walas está em 2056 e Lina em 3034, parece que é um mistério, Walas se dirige ao pátio central da cidade e descobre um objeto que há estado ali desde aquele anos, então ao tocá-lo percebe que os tempos estão fundidos e uma aura transparente está a sua frente e ao atravessa-la vê a Lina e estão ambos em 3034, mas uma coisa é estranha, eles não se lembrarem das dimensões entre a 3 e a 18.

Lina se põe a pensar e diz a Walas:- Nós nunca saímos da dimensão dos futuros, simplesmente estamos a vivenciar um possível futuro. Então Walas diz: - Quando chegarmos àquele momento na dimensão 18, teremos que escolher a porta da esquerda para chegarmos à floresta. Então decidem procurar uma forma de encerrar a visão e sair da dimensão dos futuros, para isso Walas tenta usar seu poder de pássaro negro mas percebe que ele ainda não o despertou e aquilo era somente uma visão, então Lina segura em sua mão e tentam ativar seu poder de pássaro branco, nesse momento uma fenda se abre no céu e eles voam até lá. E eles vêm todas as dimensões através dessa fenda temporal. Lina usa suas pulseiras e então se transformam uma luz e dirigem-se acima cada vez mais rápido e então chegam ao tabuleiro de cartas da dimensão três. E Lina usa seus poderes para fazer o tempo mover-se novamente e Walas diz que agora ele já sabe qual é a saída da dimensão e diz: ó portas que mostrais os diversos futuros, para chegarmos até vós devemos primeiro sonhar com o presente. Então usa uma carta no centro do tabuleiro e uma luz surge nele. Eles atravessam a luz e se encontram numa biblioteca ainda na dimensão dos futuros, nela há vários livros da história futura, e quando alguém abre uma porta, entra no livro e vive algum de seus momentos futuros possíveis. Ambos sobem até o mais alto da biblioteca e observam a grande quantidade de livros que há ali e veem uma porta com a seguinte inscrição: saída de emergência por favor a mantenha fechada. Lina diz: -Deve ser a escada dimensional, vamos por ela! E Walas fala: Sim, intentaremos subir dimensões pela escada. Ao abrirem a porta encontram uma escada brilhosa e começam a subir por seus degraus, Walas vai contando as voltas que a escada faz e ele percebe que já subiram mais de mil degraus e ainda continuam na dimensão dos futuros, então Lina pensa em uma alternativa, segura na mão de Walas e ambos saltam no espaço negro, no centro da escada e começam a cair cada vez mais rápido, todavia antes de chegarem ao fundo surge uma luz azul que os leva para cima a uma velocidade extraordinária e ao chegarem muito mais alto do que se encontravam antes de cair, desaparecem no ar e se veem no espaço interdimensional novamente, agora dessa vez realmente se dirigem à dimensão 4, mas o espaço interdimensional parece ser mais longo que o das outras dimensões, então decidem tentar adivinhar qual será a característica dessa nova dimensão, então Lina fala: -Na dimensão passada o método de não nos deixar passar era confundir-nos com futuros possíveis, decisões e outras coisas. Então Lina continua: Essa deve ser algo relacionado ao passado. Então Walas diz: -Tens razão a dimensão 4 deve ser a dimensão da descoberta de revelações passadas. Nesse momento caem na dimensão 4 que tem uma característica peculiar, ela combina trechos de diversos lugares existentes para formar-se. Será mesmo uma revelação do passado?

Capítulo 4 – Alahi, a Terra das revelações passadas.

Lina e Walas começam a cair do céu, ouvem um trovão e se veem num túnel escuro, dentro de algum tempo chegam a uma praça onde encontram uma placa com a seguinte inscrição: "Bem vindos a Alahi, aqui encontrareis vossas revelações". Lina diz: –O que significa encontrar revelações? E Walas diz: - Creio que descobriremos mais tarde.

Lina se põe a caminhar segurando a mão de Walas e percebem que estão em uma cidade próxima a um oceano e decidem dirigir-se a ele. Quando chegam Walas toca a água e diz: - Este oceano lembra a dimensão das águas. Então Lina olha para a cidade e diz: -E aquela lembra 2034. Ambos concluem que isso é relacionado às revelações propiciadas pela dimensão, Walas coleta um pouco de água e se dirigem de volta à cidade, ao chegarem próximo a uma loja de espelhos, sentem-se compelidos a entrar, então uma senhora os atende dizendo: - Que desejais? E Lina diz: - Informações é que precisamos A mulher da loja entrega um espelho dizendo que as respostas estão nele, que é um livro em forma de espelho. Lina começa a ler o livro "O surgimento alado", e Walas se põe a ouvir:

"Duas pessoas encontravam-se sempre o mesmo horário todos os dias e faziam várias coisas juntas, certo dia uma delas adoeceu e não mais podia ver a outra, que se encontrava desolada, então aos poucos ia formando-se um poder negro em torno dela, com o passar do tempo a menina doente desaparece no ar e sua alma é atraída pelo poder negro cada vez mais forte de sua amiga, então as duas almas se fundem e surgem asas espirituais brancas, junto às negras, dai surge o pássaro negro e branco, nesse momento o tempo colapsa e o pássaro é dividido em dois, um negro e um branco, ambos com aparência de uma menina que são enviados para diferentes espaços temporais, a parte com poder negro consegue usar seus poderes independente do lado branco, todavia este depende de um pássaro negro para usar plenamente seus poderes".

Após lerem isso Walas e Lina saem da tenda e se dirigem à praça novamente, só que esta lembra um local chamado Gales e então decidem procurar um local para passar a noite enquanto pensam como irão obter as informações necessárias para seguirem em sua jornada em busca da floresta dourada. Então entram numa tenda e esperam ser atendidos, todavia ninguém aparece; na verdade a tenda está abandonada devido a circunstâncias desconhecidas. Ao perceberem que estão sós, decidem permanecer ali, por certo tempo e reabrir a tenda para angariar fundos para utilizarem caso necessário.

Ao amanhecer aparece um coelho e diz que quer hospedar-se na tenda, ele informa que tem um feitiço para pagar exatamente o que a pessoa for precisar durante a vida e escolhe Lina para receber, ele informa ainda que em princípio ela não receberá nada, mas toda vez que precisar dele, verificará que tem suficiente para o que deseja. Então o coelho após isso fala para eles partirem antes do amanhecer porque o método de impedir as pessoas de saírem daí é justamente fazê-las acreditar que só o pode fazer durante o dia quando na verdade é exatamente o oposto, o brilho do luar irá mostrar a saída e não a radiante luz solar como têm nos escritos. Mas alerta ele também que a saída é tormentosa e é um longo percurso até a outra dimensão. Então Walas e Lina arrumam suas coisas e saem imediatamente, logo que chegam ao outro lado da cidade Lina tem uma visão e descobre que o coelho na verdade é o dono da tenda e que ele esperava por eles, por isso a tenda estava vazia, no entanto algo estranho estava acontecendo.

Já era perto do amanhecer e o coelho disse que cada amanhecer que passavam ali, mais difícil se tornava a saída, então Lina segura na mão de Walas desperta suas asas brancas e aponta seu poder para a lua, nesse momento ela a arrasta e o sol aparece, ela está a antecipar o amanhecer, nesse momento Walas a arrasta voando em direção ao sol e ao chegar perto ele faz com que Lina arraste a lua para cobrir o sol de modo a formar um eclipse, nesse instante um portal aparece e eles entram nele e então o caminho tortuoso começa.

Logo chegam a um local vermelho e um cachorro diz: "- Para que vós passeis, necessitais pagar um milhão em dinheiro de Alahi, pois só é permitido sair quem comprovadamente se dedicou muito tempo a trabalhar para a dimensão". Nesse momento Walas pensa: "Como iremos passar Lina?" E Lina que escuta os pensamentos de Walas transmite a ele: -Usaremos o feitiço do coelho. O cachorro diz: - Presto, se não possuirdes dinheiro, dizei. Lina responde: -Temos sim o dinheiro, aqui está. Ela então tira do bolso a quantia exata em uma única nota, e o cachorro diz: - Que nota rara tens aqui, é muito difícil consegui-la. Recolocárei-la na dimensão e vós podeis passar, todavia um alerta: O caminho é tormentoso, não deveis ceder às provações, avanceis sem medo. Então ele os guia até parte do caminho e volta, Walas e Lina prosseguem e encontram uma sala, ao entrar eles estão no meio de uma guerra humana já passada então seguem em frente como disse o cachorro, nesse momento um míssil vem em direção à Lina e Walas segura em sua mão e diz: -Não tenhais medo, vamos ignorar e seguir sem titubear. Então o míssil passa através deles como se não estivessem ali, então eles constatam que aquelas são salas de ilusões e que só atingem quem acredita que aquilo é real, sendo esse um dos métodos de impedir a passagem, então veem uma porta e ao passa-la, percebem que estão novamente no corredor, após um tempo andando veem outra porta e seguem para atravessá-la.

Nessa nova ilusão estão a caminhar pelo céu com um vento forte que se supunha intentar derriba-los, todavia como já sabem que se trata de uma ilusão conseguem passar sem problemas por essa porta também, de volta ao corredor ele aparenta estar cada vez mais estreito e o ar diminuindo, eles em princípio pensam que é mais uma ilusão, todavia depois de certo tempo constatam que a ilusão é só nas portas, aquilo que ocorre no corredor é real sendo outro dos métodos de impedir a passagem dos viageiros. Ao chegarem a uma bifurcação no corredor, veem que se formam um caminho que vai ficando mais largo e outro que fica cada vez mais estreito. Então esperam um pouco para decidir qual caminho irão seguir.

Eles então se comunicando através de pensamentos decidem seguir o caminho estreito, então seguem em frente, cada vez mais o ar diminui e chega um momento em que só pode passar um de cada vez, ao chegarem ao final veem uma luz mas o buraco é tão estreito que não dá para passar nem a mão de Lina, então ela decide explodir o buraco mas percebe que e perigoso ficarem sufocados então explode a parede que se encontra ao lado e ao atravessarem se veem no caminho largo, olham para trás e veem um abismo gigante logo atrás deles, e ao longe espinhos no chão, raios radioativos, bolas de ferro balançando, enfim muitas provações então seguem em frente rumo à saída, ao atravessarem a luz, aparecem em um jardim e veem uma espécie de elevador, escutam uma voz que diz: "Saída de Alahi, elevador parte em um minuto" . Então corem para dentro do elevador que sobe à velocidade extremamente alta até expulsá-los de dentro ao chegarem ao espaço interdimensional. Agora eles seguem para a dimensão 5, aquela que é conhecida como a terra da fortuna.

Lina e Walas agora se veem em uma terra maravilhosa, com vastos pastos, lindas árvores e um visual fascinante, logo percebem que estão na terra da fortuna, onde a sorte é decidida. Ao caminharem pelo bosque encontram uma fissura em uma árvore, ela faz com que surjam vários feixes de luz colorida, de forma que podem ver um arco-íris. Ao tocar a fissura , Lina sente um poder estranho vindo dali, parece ser o que traz a sorte para aquele local, então pensa em como fazer para ter acesso àquele poder, logo surge à resposta: ele é algo inerente a todos, amplificado pelos poderes da dimensão. Com isso saem a passear pelo local.

Ao chegarem perto de um edifício central, lembram-se de como chegaram até ali, passando por diversos obstáculos em dimensões anteriores, contudo Walas diz: - Ainda precisaremos percorrer muitos obstáculos para que possamos chegar ao nosso destino. E Lina diz: -Creio que conseguiremos vencer os mais diversos obstáculos pois estamos juntos.

Ao acentuar-se a situação Lina diz: - É esperado que a cidade pudesse mostrar o caminho até a outra dimensão mas é necessário que cheguemos a uma conclusão sobre a nossa fortuna, ou seja , a sorte que devemos obter em nosso meio. E Walas diz: - É bem verdade que isso ocorre mais tempo do que é necessário, todavia nos é comum esse sentimento de descoberta.

Ao anoitecer saem novamente a caminhar e buscam algo que lhes possa mostrar a saída, todavia durante o caminho encontram uma fissura no espaço tempo e ao atravessá-la percebem que agora já é dia dentro daquele espaço, ao olharem para trás veem a fissura desaparecer e pensam estar presos naquele espaço tempo, neste momento um rapaz com orelhas de cão aparece na frente deles e propõe explicar-lhes a situação.

Ao andarem um pouco o rapaz diz: - Meu nome é Maltas, sou metade cão e parte humano, este é o tempo dia. Lina diz: - Como assim tempo dia? Maltas responde: - Aqui é a parte dia da terra da fortuna, onde nós não temos a sorte de ver luar, mas podemos desfrutar da luz do dia por todo o tempo. Então Walas diz: - Então essa é uma das fortunas desta dimensão! Após isso Maltas se despede e os deixa a caminhar até um altar da lua, onde supostamente existiria uma forma de saírem dali.

Ao chegarem ao local veem uma pequena torre com uma estátua em formato de lua em cima dele, da qual jorra água sobre uma fonte, ele se põe a beber a água e logo sentem um poder da lua forte dentro deles, então seguram um na mão do outro e recitam juntos um encantamento da lua, logo após um feixe de luz azul surge em cima da esfera em formato de lua e eles pulam no feixe, após isso são arrastados para cima e veem como que a imagem do universo e cada vez sobem mais até que uma luz transparente os atrapa e chegam novamente à dimensão da fortuna, agora eles possuem o poder da lua, que seria a fortuna ou bem necessário para que saíssem dali, todavia parece que falta algo.

Depois de algum tempo dirigem-se à biblioteca da cidade em busca de alguma informação sobre o poder da lua e uma forma de melhor controla-lo para que possam avançar à próxima dimensão e então no caminho encontram um jornal com a seguinte notícia: "Eclipse hoje, epicentro praça solar". Walas diz: -Vamos precisar combinar os poderes solar e lunar para podermos avançar. Mas Lina diz: -Não necessariamente, o eclipse já possui uma grande carga de poder solar, só precisamos controla-lo. Ao chegarem à biblioteca procuram livros que tratem do poder solar e lunar e encontram algo inusitado. A saída da cidade é exatamente esse eclipse mas ele só aparece quando alguém obtém um dos poderes astrais.

Chegado o momento do eclipse eles utilizam um catalizador com poder solar obtido conforme as instruções constantes nos livros, e juntos atiram seus poderes lunares no catalizador, dele surge um feixe de luz transparente em direção ao eclipse, eles então dizem uma palavra mágica: atelu, e o tempo para, então a cidade começa a estremecer e surge o guardião: um lobo branco bem bonito, então ele vem em direção à Lina que o abraça e sente que o poder lunar que obtiveram fora dado por ele, então o lobo os leva através do eclipse e diz que quer ajuda-los a atravessar o portal, nesse momento se forma um símbolo neles e o lobo desaparece dizendo que quando precisarem dele, já estará com eles, pois também quer conhecer a floresta dourada e viver com eles. Então se veem novamente no espaço interdimensional que dessa vez está em turbulência e caem rochas por todas as partes, ao mesmo tempo em que são destruídas por raios, então Lina os cobre com uma barreira transparente e prosseguem, nesse momento Walas vê uma ferramenta, então decide leva-la consigo e subitamente surge uma luz e chegam à nova dimensão.

Ao olharem ao redor, percebem que estão a flutuar num espaço negro interplanetário, como que um universo, então Lina os cobre com uma barreira e tentam prosseguir até uma estação espacial que veem estar próxima dali. Ao chegarem, consultam um livro que se encontrava na cabina da estação e percebem que essa é a dimensão do universo, nela deve-se coletar itens que podem estar espalhados por diversos planetas para que possa abrir o portal no centro do universo.

Então Walas olha no Livro e vê que os objetos devem ser procurados em especial em três planetas Álamo, Sina e Asra, pois são o começo , o meio e o centro do universo. Então Lina pega o contendor e demais equipamentos mencionados no livro e ambos se dirigem à nave espacial que se encontra na estação e Lina diz: - Estamos próximo de Álamo, então será o primeiro a que iremos. E Walas diz: - Usaremos nossos poderes lunares para ativar a nave. Então partem em direção ao primeiro planeta.

Passado algum tempo , se veem num espaço vazio aparentemente sem planetas e então ao longe veem um astro cor róseo, e Lina diz:- Aquele deve ser o satélite de Álamo, acredito que estejamos perto. Ao passarem perto do astro , um campo gravitacional forte os guia fora do trajeto e com o desvio caem em um planeta pequeno que se encontrava um tanto próximo ao astro. É um planeta bem esverdeado, com lindas paisagens, então percebem que chegaram ao seu destino. Walas e Lina combinam seus poderes e conseguem transformar a nave em energia para que possam carrega-la mais facilmente, então começam a caminhar pelo planeta.

Com o passar do tempo veem vários animais e belezas naturais e intentam procurar no livro qual objeto estão a buscar, então veem a seguinte passagem: "No princípio Álamo fora criado". Então concluem que o objeto deve ser algo que mostre a sua característica de princípio das coisas, então subitamente veem uma placa com a foto de um pendente laranja que parece não se coadunar com a realidade da cidade, então vão a uma loja a perguntar se sabem alguma informação, em princípio não conseguem comunicar-se mas Lina usa seu poder de pássaro branco e então conseguem compreender o que é dito. O pendente está no centro da cidade, num museu a esperar por alguém que possa tocá-lo sem ser afetado por seus poderes, e será entregue àqueles que conseguirem. Então se dirigem até o Local, uma pessoa os espera, então ela mostra o pendente à Lina e ao tocá-lo, não se vê afetada por seu poder, então a pessoa explica que ele é a primeira chave para abrir a porta dimensional no centro do universo e que ela precisa conseguir a terceira chave antes da segunda pois esta sempre retorna antes das outras para suas origens. Então partem novamente para o espaço rumo ao planeta Asra.

Como chegar ao final do universo sem passar pelo meio? Essa é uma pergunta a qual Lina se põe a pensar, então Walas decide usar o pendente como combustível para a nave. Ao fazer isso a nave ultrapassa a velocidade da luz causando uma distorção e se veem rumo ao espaço vazio e desaparecem, se veem dentro de um buraco negro com uma alta turbulência dentro da nave, então Lina usa uma barreira protetora em volta da nave de modo que não se danifique, então a nave começa a ultrapassar a velocidade da luz novamente e desaparecem, agora se veem no espaço novamente, em frente a um planeta um pouco grande.

Ao ver o planeta decidem descer ali para verificar se é realmente Asra, ao chegarem ao planeta percebem várias construções futurísticas mais sofisticadas do que as que possuem em 3034. Então concluem que realmente ali é Asra que segundo o livro é conhecido por sua arquitetura futurística. Então guardam a nave e decidem viajar no aero trem do planeta, enquanto viajam, Walas intenta buscar no livro o que devem encontrar, então conclui que é um pendente azul que se encontra na torre de energia no centro do planeta. Então percebem que já se dirigem para lá, ao chegarem, Lina usa o poder do pendente laranja que brilha nas proximidades do azul, então amplifica seu poder de pássaro branco e abrem um caminho de luz até a sala onde está o pendente, ao aproximar-lhes os dois se fundem e o pendente muda a cor para metade laranja e parte azul. Então saem da sala e utilizam a nave para saírem do planeta. Nesse momento se veem perseguidos por várias naves muito mais velozes que as suas e ao saírem do planeta as naves continuam a perseguí-los, então Lina decide usar o novo pendente como combustível para a nave e ela atinge uma velocidade extraordinária e desaparecem novamente.

Ao olharem ao redor percebem que estão novamente em um buraco negro, mas dessa vez Lina recolhe o pendente e a nave e usa a barreira para proteger a ela e Walas. Então a turbulência os leva novamente para o espaço, então veem Sina, um planeta médio, que tem bastante água, então usam seus poderes para descerem ali sem precisar da nave, então partem em busca do pendente amarelo, ao chegarem ao planeta descobrem que o tal pendente está no fundo do oceano, então Lina e Walas combinam seus poderes ao do pendente e abrem uma passagem até a câmara onde se situa o pendente amarelo, então ao chegarem os pendentes se fundem e agora possuem um pendente de três cores, todavia a passagem se cerra e o oceano começa a cair sobre eles, então Lina usa sua barreira e ambos atiram seus poderes lunares para baixo, são empurrados para cima por uma força reflexiva, então soltam a nave e partem para fora do planeta.

Ao chegarem novamente no espaço o pendente começa a brilhar e então Lina o atira ao Sol mas Walas segura o pendente e com seu poder faz duas cópias dele, uma para Lina e outra para ele, Então ele atira o pendente original ao Sol, e um portal se abre, eles colocam suas cópias do pendente e prosseguem em direção ao portal, para chegarem mais rápido utilizam a nave pois o portal parece que se fecha com pouco tempo de aberto. Ao passarem pela luz se encontram novamente no espaço interdimensional, então guardam a nave e seguem cada um com seu pendente que amplifica bastante seus poderes, então decidem usar super velocidade para chegarem mais rápido à próxima dimensão. Então se veem caindo no céu de uma nova dimensão.

Capítulo 7 –Presto, a dimensão da velocidade.

Ao aportarem na nova dimensão, surge um aviso: "Aqui é a velocidade a regra", aos poucos quando começam a andar pela dimensão, veem uma larga pista de corrida e percebem que a cidade se movimenta através de diversas pistas no céu e os habitantes utilizam veículos de alta velocidade para cruzar rapidamente de um lado ao outro da cidade. Lina logo percebe que a saída da cidade deve ser através de alta velocidade e decidem se inscrever na corrida que será realizada dentro em 3 dias, onde a dupla vencedora alcançará o destino veloz.

Enquanto não é chegado o momento a cidade toda se prepara para o evento enquanto Lina e Walas decidem ir conhecer a cidade através de seus terminais de alta velocidade. Ao ligarem, logo partem como que na velocidade do som, e chegam rapidamente ao outro lado da cidade, lá encontram uma pista de treino e uma menina chamada Tina que se oferece a ajuda-los a vencer com a condição de que a tirem daquela dimensão. Lina então concorda em ajuda-la, nesse momento Tina explica que a única maneira de sair da cidade é sendo o primeiro colocado na corrida, pois se atinge a velocidade da luz que é necessária para ativar o portal interdimensional, todavia muitos competidores utilizam combustíveis adulterados em seus carros e muitos deles misturam magias nas fórmulas, o que torna a tarefa bastante complexa, além disso é necessário um treinamento prévio para conhecer a pista uma vez que a cada volta deve-se imprimir mais velocidade sem derrapar nas armadilhas. Então Lina diz:- E os outros competidores não tentam derribar os concorrentes? E Tina responde: - É terminantemente proibido de acordo com as regras da corrida, e o participante é sumariamente eliminado, por isso não há que te preocupares com trapaças e artimanhas, mas sim em como imprimir a maior quantidade de velocidade na menor quantidade de risco possível.

Logo após terminarem a conversa decidem ir treinar, então Tina diz a Lina para misturar o elemento Trinity ao combustível e carrega-lo com seu poder mágico, ao fazer isso o combustível se torna brilhoso e partem para o treino. Tina, Lina e Walas sobem no veículo e ao ligar o combustível, começam a imprimir uma velocidade extremamente alta, então Lina controla o carro com facilidade, pois, sua magia está no combustível, por isso Tina falara a ela que colocasse uma vez que aparentemente não havia influência alguma da magia no carro. A cada volta alcançam uma velocidade maior, então Lina desliga o veículo e vão para o lugar em que Tina vive.

Tina conta que deseja voltar para o seu mundo, pois estava ali por acaso e não mais podia sair, por isso pediu a ajuda deles. O mundo de Tina é parecido ao de Lina, com a distinção de que possui uma enorme carga de poder mágico que trabalha junto a tecnologia. Então Tina diz: - Em Shara temos dispositivos de transporte intergaláctico, bem com interdimensional, todavia eles não funcionam nessas dimensões da floresta dourada. Então Tina pega dois desses dispositivos e entrega a Lina e Walas para que possam usá-los quando precisarem, nesses dispositivos encontram-se as coordenadas precisas de cada local galáctico de todas as dimensões conhecidas pelo mundo Shara, só não as da floresta dourada. É só selecionar o destino com seu poder mágico que o dispositivo leva o usuário e o quem ele estiver a segurar, ao destino desejado.

Finalmente é chegado o dia da corrida, Lina e Walas se dirigem a seu veículo enquanto Tina aguarda perto da chegada, o sinal deles. Então começa a corrida: Ela conta com ao todo 44 voltas pela cidade, tendo como linha de chegada um portal que só aparece na última volta.

Lina liga o veículo e partem para a primeira volta, nisso os outros competidores mais experientes, logo a ultrapassam e após algum tempo percebe que está dez voltas atrás, então Walas assume o controle e segurando a mão de Lina conseguem ir de igual para o concorrente adiantado, mas Walas não tem domínio total do veículo e ele começa a não responder a seus comandos, então Lina assume novamente a condução e chegada à penúltima volta Tina percebe que eles não irão conseguir sozinhos então utilizando uma forma de velocidade ultrassônica, chega ao carro, coloca uns cristais e diz: -Walas, combina teus poderes com o de Lina e atira para trás do carro! Sem entender bem o motivo Walas e Lina fazem como Tina os havia recomendado, então o sistema de autodefesa da licitude da corrida, retorna o poder deles, ampliado exorbitantemente de forma a eliminá-los da corrida, no entanto ao atingir o carro, esse grande poder é absorvido pelos cristais que tina colocou no combustível, então o veículo atinge a velocidade da luz e o portal se abre, antes de passarem, Lina rapidamente tira os cristais do veículo e segura na mão de Walas que segura Tina e atravessam o portal, deixando o carro na cidade. Ao chegarem ao espaço interdimensional Tina diz que os cristais têm poder de absorção de poder para seu dono, então Lina absorve parte dos poderes contidos no cristal e dá o restante a Walas, guardando os cristais de forma a poder absorver mais poderes novamente. Então Tina se despede deles e usa seu dispositivo interdimensional para chegar a seu mundo uma vez que este funciona no espaço entre as dimensões. Enquanto Lina e Walas se dirigem à próxima dimensão, a conhecida como das labaredas de fogo.

Capítulo 8 - Laia, a dimensão das labaredas de fogo.

Lina e Walas chegam à seguinte dimensão, então veem um fogo ardente por todo lado, mas quando os toca, não feri, aparenta que a dimensão é formada por uma ilusão de fogo, ou uma espécie diferente que não causa males às pessoas.

Ao passearem pela dimensão percebem uns arcos de fogo em forma de monumentos e alguns vulcões, então Lina diz: - A saída da dimensão deve estar em um desses monumentos ou vulcões. Então Walas diz: - Creio que tens razão. Ambos continuam a caminhada e percebem um monumento onde encontram a seguinte inscrição: Bem vindos à Laia a dimensão das labaredas de fogo, atualmente a saída da dimensão foi terminantemente fechada para evitar que visitantes cheguem à floresta dourada.

Mais na frente encontram um altar com um espaço para uns cristais que se parecem muito aos cristais da dimensão da velocidade, Walas pega os cristais coloca-os no altar e eles se energizam de fogo, Lina então absorve o poder dos cristais e diz: - Descobri como poderemos sair daqui, temos que usar os poderes do altar para abrir dois portais, vamos, já sei onde é o primeiro portal.

Lina e Walas caminham em direção a um vulcão então saltam dentro dele e Lina diz as palavras magicas:- Vulcan abre porta nossa. E de repente um portal se abre e eles caem dentro, Lina e Walas acordam e se veem em frente a um portão gigante com a seguinte inscrição: "Quem for digno e merecedor que abra este portão".

Lina tenta usar seu poder para abrir o portal, nesse momento uma luz brilhante negra surge de Walas, uma pequena porção do pássaro negro, enquanto isso o portal se abre mas está vazio, não há saída da dimensão.

Lina tenta usar seus poderes de pássaro branco para abrir uma saída dimensional, e graças à faísca de poder de Walas e a energia do portão, uma luz aparece nele, então Lina e Walas correm para atravessar a luz, e então se encontram novamente no espaço interdimensional, mas este está em uma turbulência alta, de repente uma corrente de ar forte os atinge e os leva até a próxima dimensão, a das águas turbulentas.

Capítulo 9 - Aqua, a dimensão das águas turbulentas.

Lina e Walas chegam à seguinte dimensão, e percebem estar no meio das águas, subitamente uma onda gigante vem e os arrasta para uma ilha pequena, neste lugar eles aproveitam para descansar, enquanto isso Lina diz à Walas: - O guardião desta dimensão deve ser a própria água turbulenta, e o portal deve estar no fundo das águas. Então Walas responde: - Creio que tens razão.

Na ilha eles procuram construir uma embarcação para poderem chegar às águas, Lina pretende usar os cristais como bússola para encontrar o portal, o que ela não sabe é que há dois portais na dimensão, um que leva de volta para Pléia e outro para a seguinte dimensão.

Lina e Walas sobem na embarcação e velejam pelas águas, subitamente os cristais começam a brilhar, então Lina usa seus poderes para envolvê-los numa luz de forma a conseguirem respirar embaixo da água, então eles vão ao fundo e veem dois redemoinhos um com a luz aberta e outro sem luz, então Lina diz: Há dois portais nesta dimensão, todavia os cristais estão apontando para o portal sem luz, então o outro de levar a um lugar onde não queremos ir agora, então Lina abre o portal sem luz com suas próprias forças e ambos atravessam, e se veem no céu da dimensão e estão sendo puxados por uma corrente de ar que os leva até uma escada com a seguinte inscrição: "Caminho para a próxima dimensão", então ambos começam a subir, ao chegarem ao milésimo degrau, veem uma porta em que está escrito:" Espaço interdimensional" e contém o desenho de um jacaré, então eles atravessam a porta e entram no espaço interdimensional e se dirigem à próxima dimensão a dos jacarés.

Capítulo 10 - Jaca, a dimensão dos jacarés.

Lina e Walas chegam à seguinte dimensão e percebem encontra-se no meio de uma floresta verde, ao caminharem por cerca de uma hora encontram um portal onde se lê: "Reino dos jacarés". Ao passarem pelo portão encontram um jacaré que se chama Macabe que se oferece para ajudá-los e diz: - Esta dimensão é muito perigosa para viajantes.

Macabe os leva para sua casa, mas emissários do rei percebem os estrangeiros e logo comunicam à Sua Excelência, rei jacaré, este manda aprisionar Macabe e seus visitantes. Enquanto isso na casa de Macabe, Lina é informada que precisa conseguir uma pérola para sair da dimensão, e essa joia encontra-se no meio da floresta.

Então Walas e Lina seguem para a floresta, e Macabe permanece em casa, algumas horas após, chegam os servos do rei e prendem aquele. Lina e Walas passam horas na floresta sem achar qualquer pista da localização da pérola, até que finalmente acham um desenho de um buraco abaixo do trono do rei e a pérola sendo jogada nele, então finalmente depois de mais algumas horas encontram a pérola e se dirigem ao castelo do rei.

Enquanto isso Macabe estava sendo interrogado pelo rei, acerca dos estrangeiros, mas aquele permanecia calado por horas. Ao chegarem ao castelo do rei Lina e Walas veem Macabe e decidem tirá-lo daquela dimensão, para isso eles falam ao rei que seu trono precisa ser removido, pois existe um buraco perigoso nele que pode arrastá-lo para longe, então o rei tira o trono, e Lina diz à Macabe: - Confia em mim, vais para um lugar bem melhor.

Então Lina coloca a pérola no buraco, e ele enlanguesce e brilha, neste momento Lina joga Macabe nele, e este desaparece, em seguida Walas e Lina seguram as mãos e entram no buraco que desaparece em seguida e eles encontram-se no espaço interdimensional, enquanto isso o que terá acontecido com Macabe?

Capítulo 11 - Satu, a dimensão espacial.

Macabe cai como um meteoro no espaço e chega num planeta chamado Laka onde vivem vários animais em perfeita harmonia e fica muito feliz em permanecer ali.

Enquanto isso Lina e Walas saem do espaço interdimensional e chegam à dimensão espacial, todavia seguem uma trajetória diferente de Macabe, eles descem como um meteoro no espaço e chegam a um satélite chamado Penta, nele descobrem que o nome da dimensão é Satu, e que esta é a dimensão espacial, todavia neste satélite há diversos aliens gigantes e perigosos e a saída da dimensão está no centro do espaço.

Então Lina e Walas pegam as naves que receberam de Tina e se dirigem ao centro do espaço

LISTA DE CAPITULOS

9 798573 005997